Anna Turner
Beth Kitching

illustrated by
Tim Davis

El Pato Paco

A First Look at Spanish

JOURNEY
FORTH™

Greenville, South Carolina

Library of Congress Cataloging-in-Publication Data:

Turner, Anna, 1954-
    El Pato Paco : a first look at Spanish / by Anna Turner & Beth
  Kitching ; illustrated by Tim Davis.
        p.   cm.
    ISBN 0-89084-722-3
    I. Kitching, Beth, 1956-   . II. Davis, Tim, 1957-   .
  III. Title.
  PZ73.T8   1993   93-21134
                                                              CIP
                                                              AC

El Pato Paco—A First Look at Spanish

Special thanks to George Koontz for his artistic help in developing this book

Edited by Ivonne B. Gardner

© 1993 Bob Jones University Press
Greenville, South Carolina 29614

ISBN 0-89084-722-3

15   14   13   12   11   10   9   8   7   6   5   4   3   2   1

To Ashley Lauren Turner
and
Brittany Leigh Turner
(the reasons for this book)
A. Turner

To Claudia Loftis
(an inspirational
teacher of Spanish)
B. Kitching

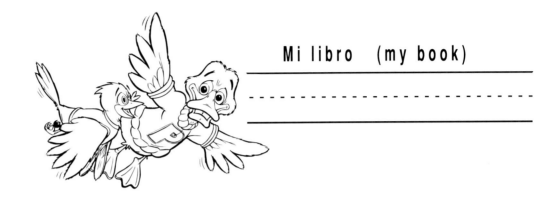

Mi libro   (my book)

_____

- - - - - - - - - - - - - - - - -

_____

Note to Parents

As your child takes this first step toward learning Spanish, we are happy to present the tale of Paco the duck, an enjoyable introduction to the Spanish names of several animals.

You may wish to preview both the cassette tape and the book before giving them to your child. Then be sure to join him as he uses them for the first few times and encourage him to sing along. Since the tape is the same on both sides, you do not need to rewind it; simply flip it over in order to begin once more. Your child may write his name on the blank at the top of this page, and he will enjoy coloring the pictures of Paco and his friends after the story is over.

This book has been designed to teach your child to think in Spanish right from the start. For this reason, we have included as little English as possible in the story. On the last page, however, you will find a page-by-page translation that may prove helpful. Paco joins us in saying *¡hola!* as you and your child begin.

¡Hola! *I hope you're having a good day.*
Paco the duck is having a bad day.
He just won the Quacker Cracker Eating Contest,
but not one of his friends has come to wish him well.
Paco thinks that he doesn't have any friends.

2

— ¡Buenos días, Paco!

— Buenos días, Mamá.

Pero no es un buen día.

No tengo amigos.

— El sapo es tu amigo.

— ¡Sí! El sapo es mi amigo.

— El oso es tu amigo.

— ¡Sí! El oso es mi amigo.

— La chiva es tu amiga.

— ¡Sí! La chiva es mi amiga.

— El gato es tu amigo.

— ¡Sí! El gato es mi amigo.

So Paco went to look for his friends.   7

He looked . . .

and looked . . .

and looked.

— Pez, ¿dónde está el sapo?

— No está aquí.

— Gracias.

— Ave, ¿dónde está el oso?

— No está aquí.

— Gracias.

— Vaca, ¿dónde está la chiva?

— No está aquí.

— Gracias.

— Ratón, ¿dónde está el gato?

— ¡No está aquí!

— Gracias.

Paco could not find his friends.
He walked home sadly.

— Mamá, ¿dónde estás?

— Estoy aquí.

— Mamá, no es un buen día.
No tengo amigos.

— ¡Ven, Paco!

So Paco went outside, and to his surprise . . .

— ¡Mis amigos!

Mother served tea, cookies, and crackers
to all of Paco's friends.
It was a good day after all.

Vamos a pintar

Dios hizo el sapo.

Gracias, Dios, por el sapo.

Dios hizo el pez.

Gracias, Dios, por el pez.

Dios hizo el ave.

Gracias, Dios, por el ave.

Dios hizo el pato.

Gracias, Dios, por el pato.

Dios hizo la vaca.

Gracias, Dios, por la vaca.

Dios hizo la chiva.

Gracias, Dios, por la chiva.

21

Dios hizo el gato.

Gracias, Dios, por el gato.

Dios hizo el oso.

Gracias, Dios, por el oso.

Dios hizo todos los animales:
el ave, el gato, la vaca, el ratón,
el pato, el oso, el sapo y la chiva.
¡Gracias, Dios!

¿Dónde están mis amigos?

Anna Turner and Beth Kitching

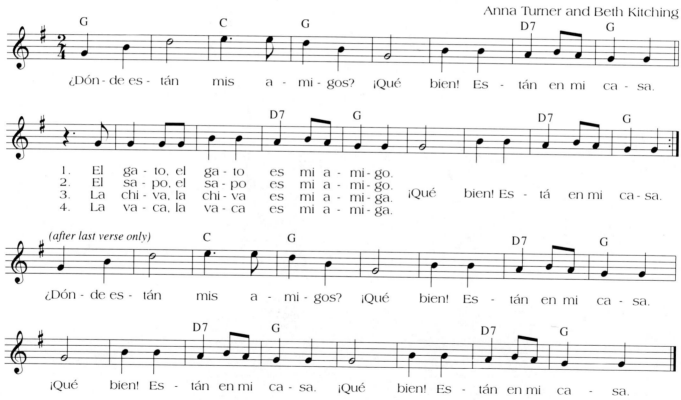

¿Dón - de es - tán mis a - mi - gos? ¡Qué bien! Es - tán en mi ca - sa.

1. El ga - to, el ga - to es mi a - mi - go.
2. El sa - po, el sa - po es mi a - mi - go.
3. La chi - va, la chi - va es mi a - mi - ga. ¡Qué bien! Es - tá en mi ca - sa.
4. La va - ca, la va - ca es mi a - mi - ga.

(after last verse only)

¿Dón - de es - tán mis a - mi - gos? ¡Qué bien! Es - tán en mi ca - sa.

¡Qué bien! Es - tán en mi ca - sa. ¡Qué bien! Es - tán en mi ca - sa.

LOS PATOS

7

P

25

Vamos a cantar

Ven a mi fiesta

Anna Turner and Beth Kitching

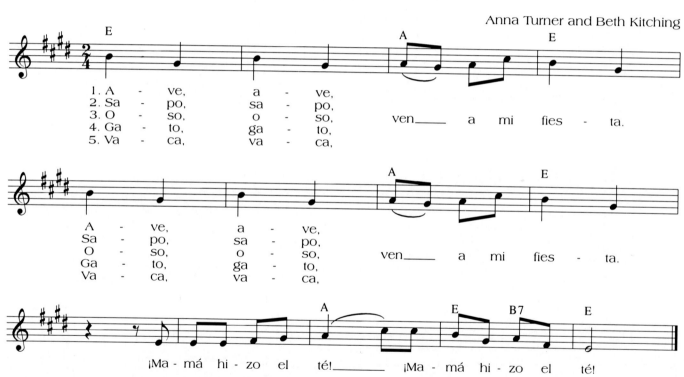

1. A - ve, a - ve,
2. Sa - po, sa - po,
3. O - so, o - so,
4. Ga - to, ga - to,
5. Va - ca, va - ca,

ven___ a mi fies - ta.

A - ve, a - ve,
Sa - po, sa - po,
O - so, o - so,
Ga - to, ga - to,
Va - ca, va - ca,

ven___ a mi fies - ta.

¡Ma - má hi - zo el té!___ ¡Ma - má hi - zo el té!

27

Español-English

page 2:   ¡Hola!

Hello!

page 3:   — ¡Buenos días, Paco!
          — Buenos días, Mamá.
            Pero no es un buen día.
            No tengo amigos.

"Good morning, Paco!"
"Good morning, Mother.
But it isn't a good day.
I don't have any friends."

page 4:   — El sapo es tu amigo.
          — ¡Sí! El sapo es mi amigo.

"The frog is your friend."
"Yes! The frog is my friend."

page 5:   — El oso es tu amigo.
          — ¡Sí! El oso es mi amigo.

"The bear is your friend."
"Yes! The bear is my friend."

page 6:   — La chiva es tu amiga.
          — ¡Sí! La chiva es mi amiga.

"The goat is your friend."
"Yes! The goat is my friend."

page 7:   — El gato es tu amigo.
          — ¡Sí! El gato es mi amigo.

"The cat is your friend."
"Yes! The cat is my friend."

page 10: — Pez, ¿dónde está el sapo?
          — No está aquí.
          — Gracias.

"Fish, where is the frog?"
"Not here."
"Thank you."

page 11: — Ave, ¿dónde está el oso?
          — No está aquí.
          — Gracias.

"Bird, where is the bear?"
"Not here."
"Thank you."

page 12: — Vaca, ¿dónde está la chiva?
          — No está aquí.
          — Gracias.

"Cow, where is the goat?"
"Not here."
"Thank you."

page 13: — Ratón, ¿dónde está el gato?
          — ¡No está aquí!
          — Gracias.

"Mouse, where is the cat?"
"Not here!"
"Thank you."

page 14: — Mamá, ¿dónde estás?
          — Estoy aquí.

"Mother, where are you?"
"I'm here."

page 15: — Mamá, no es un buen día.
            No tengo amigos.
          — ¡Ven, Paco!

"Mother, it isn't a good day.
I don't have any friends."
"Come, Paco!"

page 16: — ¡Mis amigos!

"My friends!"

page 18: **Vamos a pintar**

Let's color

page 19: Dios hizo el sapo.
          Gracias, Dios, por el sapo.
          Dios hizo el pez.
          Gracias, Dios, por el pez.

God made the frog.
Thank you, God, for the frog.
God made the fish.
Thank you, God, for the fish.

page 20: Dios hizo el ave.
          Gracias, Dios, por el ave.
          Dios hizo el pato.
          Gracias, Dios, por el pato.

God made the bird.
Thank you, God, for the bird.
God made the duck.
Thank you, God, for the duck.

page 21: Dios hizo la vaca.
          Gracias, Dios, por la vaca.
          Dios hizo la chiva.
          Gracias, Dios, por la chiva.

God made the cow.
Thank you, God, for the cow.
God made the goat.
Thank you, God, for the goat.

page 22: Dios hizo el gato.
          Gracias, Dios, por el gato.
          Dios hizo el oso.
          Gracias, Dios, por el oso.

God made the cat.
Thank you, God, for the cat.
God made the bear.
Thank you, God, for the bear.

page 23: Dios hizo todos los animales:
          el ave, el gato, la vaca,
          el ratón, el pato, el oso,
          el sapo y la chiva.
          ¡Gracias, Dios!

God made all the animals:
the bird, the cat, the cow,
the mouse, the duck, the bear,
the frog, and the goat.
Thank you, God!

page 24: **Vamos a cantar**
          ¿Dónde están mis amigos?
          ¿Dónde están mis amigos?
          ¡Qué bien! Están en mi casa.
          El gato, el gato es mi amigo.
          ¡Qué bien! Está en mi casa.

Let's sing
Where are my friends?
Where are my friends?
Oh, good! They're at my house.
The cat, the cat is my friend.
Oh, good! It's at my house.

page 26: **Vamos a cantar**
          Ven a mi fiesta
          Ave, ave, ven a mi fiesta.
          Ave, ave, ven a mi fiesta.
          ¡Mamá hizo el té!
          ¡Mamá hizo el té!

Let's sing
Come to my party
Bird, bird, come to my party.
Bird, bird, come to my party.
Mother has made the tea!
Mother has made the tea!